DIE BÜCHER MIT DEM BLAUEN BAND

Dr. Seuss (1904–1991) hieß eigentlich Theodor Seuss Geisel und ist wahrscheinlich der berühmteste Kinderbuchautor des 20. Jahrhunderts. Er schrieb und illustrierte nahezu 50 Bücher voller origineller Verse für Kinder, mit denen Millionen Amerikaner bis heute lesen lernen. Seine Werke sind für ihre unnachahmlichen Reime und skurrilen Charaktere weltberühmt. Unter seinen bekanntesten Titeln sind ›Der Kater mit Hut‹ (1957), ›Wie der Grinch Weihnachten gestohlen hat‹ (1957) und ›Horton hört ein Hu‹ (1954), die beiden letztgenannten wurden erfolgreich verfilmt. 1984 wurde Dr. Seuss mit dem Pulitzer-Preis ausgezeichnet.

Felicitas Hoppe, geboren 1960 in Hameln, lebt in Berlin. Für ihre Bücher, darunter die Romane ›Paradiese, Übersee‹ und ›Johanna‹, erhielt sie zahlreiche Preise, zuletzt den Erich-Kästner-Preis. ›Iwein Löwenritter‹, ihr erster Roman für Kinder, der ebenfalls in der Reihe DIE BÜCHER MIT DEM BLAUEN BAND erschien, wurde mit dem Rattenfänger-Preis der Stadt Hameln ausgezeichnet.

Grünes Ei mit Speck

Das Allerbeste von Dr. Seuss

Aus dem Amerikanischen von Felicitas Hoppe
Mit einem Nachwort von Andreas Platthaus

Fischer

DIE BÜCHER MIT DEM BLAUEN BAND
Herausgegeben von Tilman Spreckelsen
www.fischerverlage.de

Dieses Buch enthält folgende Einzelbände:

›Grünes Ei mit Speck‹
Die amerikanische Originalausgabe erschien erstmals 1960
unter dem Titel ›Green Eggs And Ham‹
© 2010 Dr. Seuss Enterprises, L.P. GREEN EGGS AND HAM ™ &
© 1960 Dr. Seuss Enterprises, L.P.
All Rights Reserved

›Da ist eine Nasche in meiner Tasche!‹
Die amerikanische Originalausgabe erschien erstmals 1974
unter dem Titel ›There's A Wocket In My Pocket!‹
© 2010 Dr. Seuss Enterprises, L.P. THERE'S A WOCKET IN MY POCKET ™ &
© 1974 Dr. Seuss Enterprises, L.P.
All Rights Reserved

›Einfisch, Zweifisch, Rotfisch, Blaufisch‹
Die amerikanische Originalausgabe erschien erstmals 1960
unter dem Titel ›One Fish, Two Fish, Red Fish, Blue Fish‹
© 2010 Dr. Seuss Enterprises, L.P. ONE FISH TWO FISH RED FISH BLUE FISH ™ &
© 1960 Dr. Seuss Enterprises, L.P.
All Rights Reserved

3. Auflage: Juli 2015

Für die deutschsprachige Ausgabe:
© S. Fischer Verlag GmbH, Frankfurt am Main 2011
Umschlaggestaltung: Buchholz/Hinsch/Hensinger
unter Verwendung einer Illustration von Dr. Seuss
Lektorat: Alexandra Rak
Satz: Fotosatz Amann, Memmingen
Druck und Bindung: Kösel, Altusried-Krugzell
Printed in Germany
ISBN 978-3-596-85441-7

Inhalt

Grünes Ei mit Speck

11

Jetzt-kommt-Jack!

Jetzt-kommt-Jack!

Ich hasse dieses

Jetzt-kommt-Jack!

Magst du

Grünes Ei mit Speck?

Ganz und gar nicht,
Jetzt-kommt-Jack.
Ich hasse
Grünes Ei mit Speck.

19

Magst du's vielleicht

hier und da?

21

Ich mag's nicht hier,
ich mag's nicht da.
Ich mag es nirgends,
ist das klar!
Ich hasse
Grünes Ei mit Speck.
Ich mag es nicht,
du Jetzt-kommt-Jack.

Magst du's vielleicht
hier im Haus?
In Gesellschaft
einer Maus?

Ich mag es nicht,

auch nicht im Haus.

Auch nicht am Tisch

mit einer Maus.

Ich mag's nicht hier,

ich mag's nicht da.

Ich mag es nirgends,

ist das klar!

Ich hasse Grünes Ei mit Speck.

Ich hasse es, du Jetzt-kommt-Jack.

Dann vielleicht
mit einem Fuchs?
In der Kiste,
so zum Jux?

Nicht zum Jux

mit einem Fuchs.

Nicht im Haus

mit einer Maus.

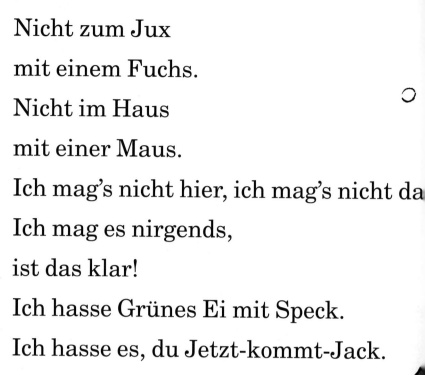

Ich mag's nicht hier, ich mag's nicht da.

Ich mag es nirgends,

ist das klar!

Ich hasse Grünes Ei mit Speck.

Ich hasse es, du Jetzt-kommt-Jack.

Los! Steig ein!

Fahr zu! Probier!

Los! Fahr zu!

Dann schmeckt es dir.

Nicht mit mir,
ich steig nicht ein!
Will nicht, kann nicht,
lass mich sein!

Dann vielleicht
auf einem Baum?
Oben hoch
im freien Raum?

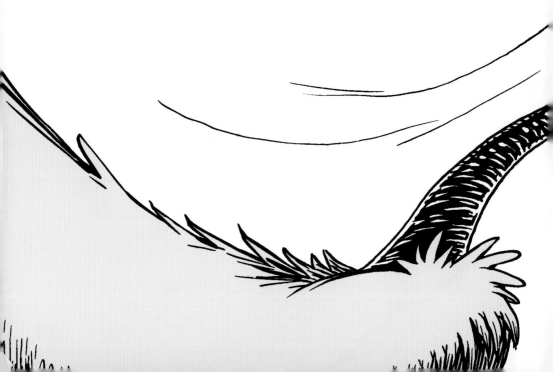

Ich kann nicht, will nicht auf dem Baum
oben hoch im freien Raum!

Auch nicht zum Jux.

Nicht mit dem Fuchs.

Auch nicht im Haus.

Nicht mit der Maus.

Nicht hier, nicht da.

Ich mag es nirgends, ist das klar!

Ich hasse Grünes Ei mit Speck.

Ich hasse das, du Jetzt-kommt-Jack.

Dann auf dem Zug!

Spring auf den Zug!

Kannst du's, willst du's

auf dem Zug?

Nicht im Auto! Nicht im Zug!
Auch nicht im Baum! Jetzt ist genug!

Ich kann nicht, will nicht, nicht zum Jux
Ich kann nicht, will nicht mit dem Fuchs
Ich mag es nicht mit einer Maus.
Ich mag es nicht in einem Haus.
Ich mag's nicht hier, ich mag's nicht da.
Ich mag es nirgends, ist das klar!
Ich hasse Grünes Ei mit Speck.
Ich hasse das, du Jetzt-kommt-Jack.

Lieber

im Dunkeln?

Hier im Schacht?

Kannst du, willst du in der Nacht?

Ich will und kann nicht,
nicht im Schacht.

Lieber draußen
und im Regen?

Erst recht im Regen kann ich nicht.

Im Dunkeln nicht und nicht im Licht.

Im Auto nicht, nicht hoch im Baum.

Ich mag es nicht, nicht mal im Traum.

Nicht im Haus und nicht zum Jux.

Nicht mit der Maus. Nicht mit dem Fuchs.

Ich mag's nicht hier, ich mag's nicht da.

Ich mag es nirgends, ist das klar!

Niemals

Grünes Ei mit Speck?

Ich mag's halt nicht,
du Jetzt-kommt-Jack.

Doch!

Vielleicht mit einem Bock?

Ich will nicht,
kann nicht
mit dem Bock!

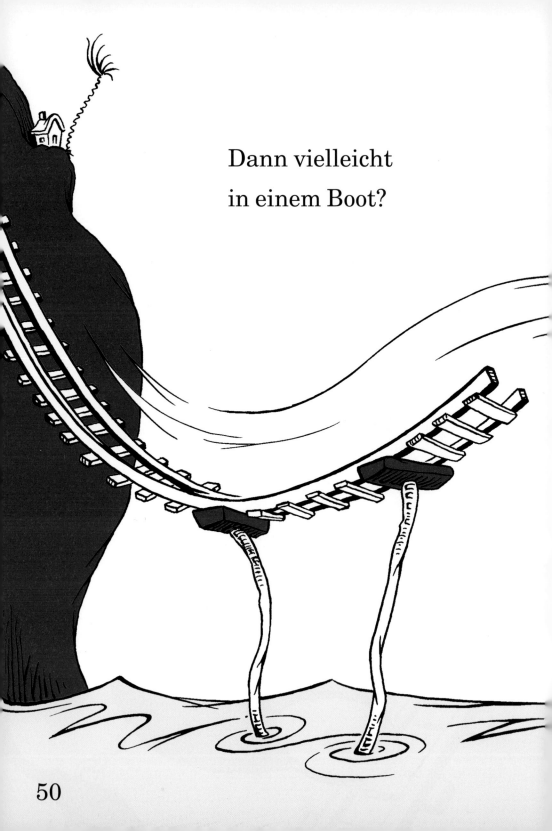

Dann vielleicht

in einem Boot?

51

Nein. Kein Boot und auch kein Bock.

Nicht im Regen, nicht im Zug.

Nicht im Dunkeln, nicht im Baum!

Nicht im Traum, jetzt ist genug!

Nicht aus Jux.

Nicht mit dem Fuchs.

Nicht im Haus.

Nicht mit der Maus.

Nicht hier, nicht da.

Einfach NIRGENDS!

Ist das klar?

Ich hasse
Grünes Ei
mit Speck!

Ich hasse es,

du Jetzt-kommt-Jack!

Du magst es nicht?

Ich hör's, ich hör's.

Probier's, probier's!

Es schmeckt, ich schwör's!

Jack!
Gib mich frei,
und ich probier
dein Speck mit Ei.

61

63

Ach!

Mir schmeckt Grünei mit Speck!

Ich mag es wirklich, Jetzt-kommt-Jack!

Ich esse es in jedem Boot.

Mit jedem Bock …

Im Regen und bei Nacht im Schacht.

Im Zug, in Fahrt, auf Baum und Ast.

Wie gut das schmeckt.

Wie gut das passt.

Ich esse es sogar zum Jux.

Mit einem Fuchs.

In einem Haus

mit einer Maus.

Und ÜBERALL!

Und hier und da.

Das ist jetzt klar.

Ich liebe

Grünes Ei mit Speck!

Danke!

Danke,

Jetzt-kommt-Jack!

Da ist
eine
Nasche
in meiner
Tasche!

Und ein

SPENSTER

vor meinem

FENSTER

Und ein

FÜCHERPRAHL

in meinem

BÜCHERREGAL

71

Hast du

manchmal auch das Gefühl

im MÜLL

sitzt ein SCHNÜLL?

Oder eine BLODE
in deiner KOMMODE?

Oder ein JANK in deinem SCHRANK?

Manchmal
kommt mir ein SCHNOR
im Vorhang VOR.

Und hinter der UHR
steht plötzlich ein WUR.

Und dann dieser SCHNAHL
auf dem KELLERREGAL!

Wir reden manchmal.

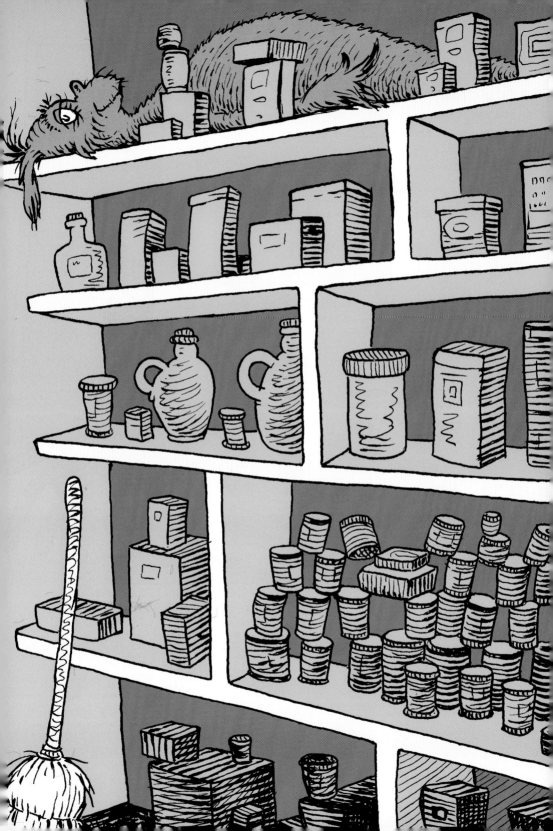

Also –

das ist mein Haus.

Mit einer NÜHLE
in der SPÜLE.

Und einer ZAMPE
in der LAMPE.

Wir kommen gut aus.

Manche von ihnen
sind ziemlich lustig.

Wie der
NOPF
im TOPF.

Aber

diese

ZASCHE

in

meiner

FLASCHE!

Die einen mag ich,

die anderen NICHT.

Ich mag den
ZISCH
auf dem
TISCH.

Und den
SCHNUL unterm STUHL.

Aber das BOFA
auf dem SOFA ...

wäre besser nicht da.

Mit den JENKEN

in meinen SCHRÄNKEN

läuft alles wunderbar.

Nur mit der

SCHNABELZÜRSTE

auf meiner

ZAHNBÜRSTE ...

komme ich

nicht besonders

gut klar!

Richtig Angst
habe ich nur vor einem:
Das ist der LEPPICH
unter dem TEPPICH.

Und der SPLIEN
im KAMIN …

Der passt mir
gar nicht.

Und wie nervös mich das macht,
wenn der SPUR durch den FLUR saust.

Aber die STEPPEN
auf den TREPPEN –

nie
hatte ich bessere Freunde
als die.

Genau wie ...

… die PRELLER

und GELLER

und SCHWELLER

und DRELLER

und BELLER

und WELLER

und ZELLER

im KELLER.

… und der KNECKE

an der DECKE …

... und
die
ZUHSCHE
unter
der
DUSCHE ...

… und das HISSEN
auf meinem KISSEN.

Also –
das ist mein Haus,
ob ihr's glaubt
oder nicht.
Hier zieh ich nie aus.

Einfisch, Zweifisch, Rotfisch, Blaufisch

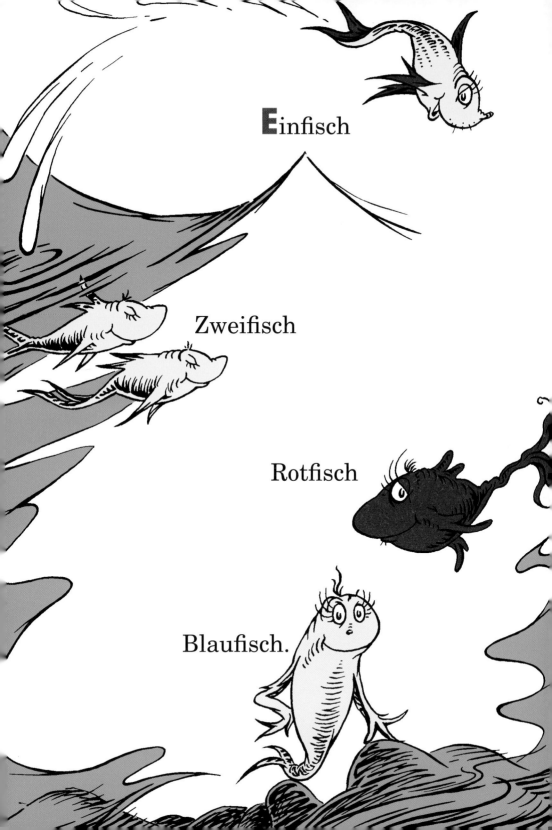

Einfisch

Zweifisch

Rotfisch

Blaufisch.

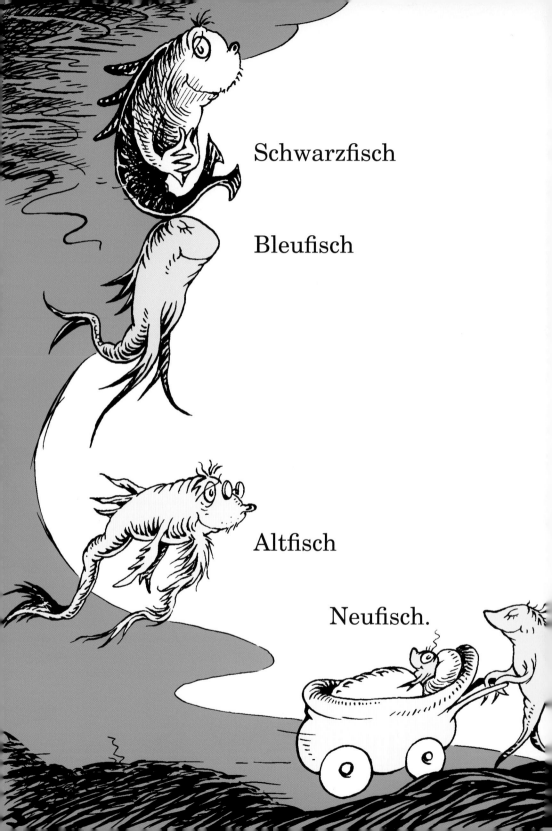

Schwarzfisch

Bleufisch

Altfisch

Neufisch.

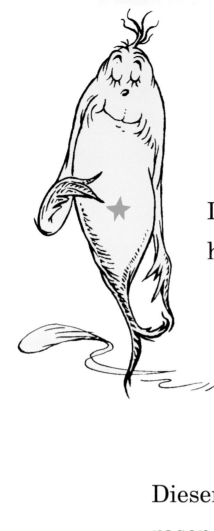

Dieser hier
hat einen Stern.

Dieser hier fährt
rasend gern.
Mensch –
so viele Fische!

Manche rot und manche blau.

Manche neu und manche grau.

Manche sind traurig.

Und manche sind lustig.

Und manche sind ziemlich
gemein und schaurig.

Warum traurig,
lustig, schaurig?
Mir nicht klar.
Frag Papa.

Manche sind dünn.

Und manche dick
und finden gelbe Hüte
schick.

Von da nach hier,
von hier nach da,
die ganze Welt
ist wunderbar.

Die hier

rennen rein zum Spaß

durch die Sonne,

heißschweißnass.

Mannomann!
Schau dir das an.
Total verrückt,
wohin man blickt.

Zwei Füße hier,

da sind es vier

und sechs und mehr!

Wo sind die her?
Von sehr, sehr
weit. Jede Wette.

Da kommen sie.

Da gehen sie.

Manche sind schnell.

Manche dagegen

brauchen Stunden.

Manche sind oben.

Und manche sind unten.

Keiner ist
wie der andere.
Wieso? Mir nicht klar.
Frag doch Mama.

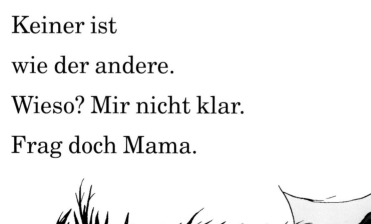

Mensch!
Schau dir diese Finger an!
Eins, zwei, drei …
Wie viele Finger
sind dabei?

Eins, zwei, drei, vier,
fünf, sechs, sieben,
acht, neun, zehn.
Elf sind geblieben!

Elf!
Meine Herrn –
elf Finger hätte ich
auch mal gern!

Schuckel!
Schuckel!
Schuckel!
Warst du mal auf einem Wuckel?
Unser Wuckel
hat einen Buckel.

Aber

wir kennen auch

Mister Ruckel.

Der hat ein Siebenbuckelwuckel.

Also …

wenn du schuckeln willst,

setz dich einfach – schuckelschuckel –

auf den Buckel von Ruckels Wuckel.

Und wer bin ich?

Ich bin Ned.

Und ich hasse

mein kleines Bett.

Gefällt mir gar nicht.

Falsch gemacht.

Die Füße

hängen raus bei Nacht.

Zieh sie ein!

Wie sieht das aus?

Erst recht zu klein,

der Kopf hängt raus!

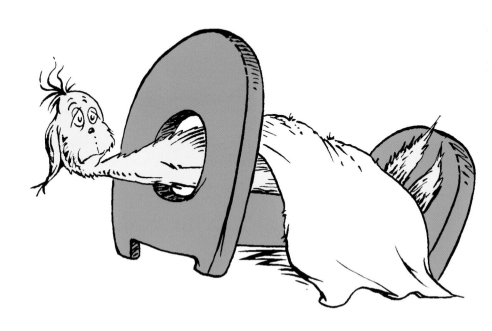

Hier unser Bike
mit Platz für drei.
Hinten sitzt Mike.

Das ist unser Mike,
den wir lieben und loben.
Denn wenn es steil wird,
schiebt er uns nach oben.

Hallo Ned!
Wie geht's dir so
in deinem Bett?
Was gibt's Neues?
Ist was los?
Erzähl mal, Ned!
Wie sieht's so aus
bei dir zuhaus?

Ich hasse
dieses kleine Bett.
Gar nicht nett,
zu viel Besuch.
Kuh und Katze, Hund und Maus.
Oh! Dieses Bett! Oh! Dieses Haus!

Hilfe! Hilfe!
Ich hör nichts mehr.
Komm doch bitte
schnell zu mir her
und schau in mein Ohr –
Geht da was vor?

Und ob!

Ein Vogel war im Ohr.

Jetzt ist er weg,

kommt nicht mehr vor.

Mein Hut ist alt.
Gold ist mein Zahn.

Ein Vogel sitzt
auf meinem Arm.

Mein Schuh ist weg.
Mein Fuß ist kalt.

Mein Schuh ist weg.
Mein Fuß ist kalt.

Ein Vogel steht
auf meinem Arm.

Gold ist mein Zahn.
Alt ist mein Hut.

Doch Augen auf:

Hier kommt ein Schut
mit Haken am Hut.
Und am Haken,
sehr wichtig,
hängt ein Buch:
»Wie kocht man richtig«

Wir sahen ihn sitzen
und grübeln und schwitzen.
Denn wie kocht der Schut
mit dem Buch am Hut –

wenn so ein Schut
gar nicht lesen kann.
ALSO …
was fängt er mit einem
Kochbuch an?

Wie
kocht
man
richtig

Der Mond ging auf,
und wir sahen Schafe.
Wir sahen Schafe
wandeln im Schlafe.

Im Mondlicht
unterm Licht der Sterne
schafwandelten sie
durch die Nacht in die Ferne.

Ich würde nicht wandeln.
Ich fahr nämlich gerne.

Dieser hier geht mir zu weit.

Was er macht?

Er schreit, schreit, schreit.

Will ich nicht,

den schick ich raus.

Passt mir nicht

in meinem Haus.

Der dagegen
mäuschenstill.
Passt!
Genau das, was ich will.

Bei uns zuhaus

machen wir andauernd

Dosen auf.

Dafür haben wir das Zans.

Das kann's.

Ohne das Dosenzans

kommt man nicht aus.

Ein Zans für Dosen

braucht jedes Haus.

Boxen macht Spaß!
Ich liebe Boxen.
Täglich box ich
mit dem Gox.

In gelben Socken
box ich mein Gox.
Ich boxe in gelben
Goxboxsocks.

Singen ist toll,
wenn du singst wie ein Schnoll.
Mein Schnoll singt alles
von Dur bis Moll.

Ich singe hoch,
mein Schnoll singt tief,
zusammen singen wir
niemals schief.

Und das ist
ein Jink.

Er zwinkert

und trinkt.

Er trinkt und trinkt und trinkt und trinkt!
Nur rosa Tinte
trinkt der Jink,
und er zwinkert, wenn er trinkt,
der Rosatintentrinkerjink.

ALSO …
wenn du viel rosa Tinte hast,
ist der Jink das Tier, das passt.

Hopp! Hopp! Hopp!
Ich bin Jopp
der Meisterspringer.
Ich springe am liebsten
von Finger zu Finger.

Von links nach rechts
und dann –
hopp! Hopp!
Zurück nach links,
so springt der Jopp.

Hopp bei Tag,

von vier bis sechs.

Und Hopp bei Nacht

von links nach rechts.

Warum ich das

Hopphopp so mag?

Keine Ahnung.

Geh und frag.

Bürsten!
Bürsten!

Kämmen!
Kämmen!

Blaues Haar
ist wunderbar.
Mädchen lieben das,
ganz klar.

Kämmst du gern?
Hier zeig ich dir
mein allerschönstes
Blauhaartier.

145

Wer ist denn das?

Mensch –

ist der nass!

Nasser als nass!

Ich wette, dass

du so ein Tier

noch nie im Leben

gesehen hast.

Hast du das schon mal
probiert:
Im Bett liegen
und Drachen fliegen?

Mit lauter Katzen
(etwa zehn)
auf dem Kopf
spazieren gehn?

Eine Kuh mit rotem Haar
zu melken
ist ganz wunderbar.

Probier's mal aus,
probier, probier.
Ganz bestimmt
gefällt es dir.

Hallo!
Hallo!
Bist du da?
Hallo! Ja.
Ich rufe an,
nur mal so.
Nur hallo.
Kannst du mich
nicht hören, Joe?

Nein.

Ich hör dich leider nicht.

Höre nicht, ob jemand spricht.

Ziemlich dumm,

ich weiß warum.

Hier die Schere, da die Maus,

Schnitt –

und das Gespräch ist aus!

Von da nach hier,

von hier nach da:

Die ganze Welt ist wunderbar.

Zum Beispiel hier

die gelben Schnöpfen.

Auf den Köpfen

nur ein Haar.

Wie schnell das wächst,

man kommt kaum mit,

jeden Tag

ein frischer Schnitt.

Und wer bin ich?

Ich bin Isch mit dem goldenen Teller.

Keiner wünscht schneller.

Mit dem Teller

aus Gold

wünsch ich euch alles,

was ihr wollt.

Wenn ich mir was wünsche,
dann mach ich wischwische:
»Ich wünsche mir Fische!«
Und schon sind sie da.

Also …

wünsch dir wischwische
auf den goldenen Wunschteller
einszweidrei Fische.

Bei uns zuhaus
im Hinterhof
spielen wir »Zack –
wirf den Ring an den Gack«.

Spielst du mit?
Komm einfach vorbei!
Niemand außer uns hat
einen Gack in der Stadt.

Und den haben wir
im Dunkeln gefunden.
Am Abend im Park.
Der soll bei uns wohnen.
Wir nennen ihn Clark.

Der wohnt jetzt bei uns
und wird groß und stark.
Ob Mama den mag?
Keine Ahnung.

Aber jetzt
gute Nacht
und ab ins Bett.
Wir gehen schlafen
mit unserem Zett.

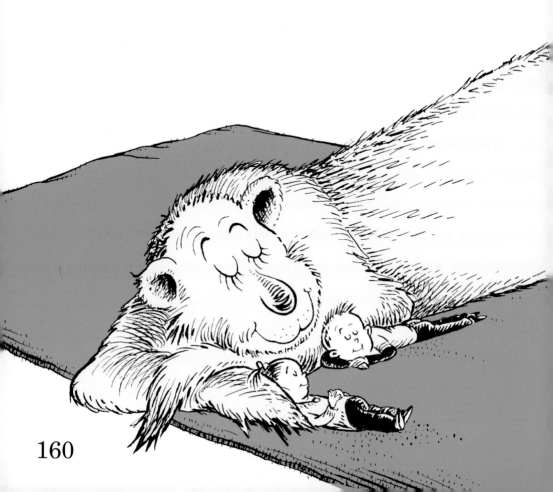

Der Tag geht aus,

ein Traum klopft an.

Und morgen ist der nächste dran.

Jeder Tag,

von hier nach da,

jeder Tag ist wunderbar.

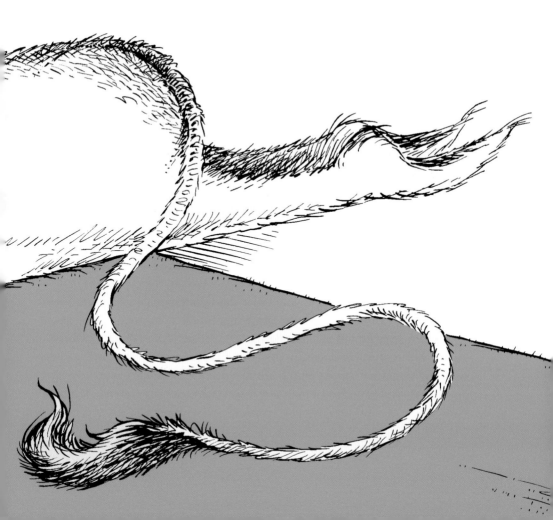

Sonderweg eines Sonderlings
Das Leben des Mannes, der Dr. Seuss sein soll
Von Andreas Platthaus

Einfisch Zweifisch Rotfisch Goldfisch – so könnte man den Titel des dritten der in diesem Band enthaltenen Bücher von Dr. Seuss umdichten, wenn man sich dessen in Amerika aktuell lieferbare 136. Auflage ansieht: »One Fish Two Fish Red Fish Blue Fish« kam nämlich im vergangenen Jahr zum fünfzigsten Geburtstag des Buchs als goldene Ausgabe daher, was angesichts seiner Beliebtheit ja auch nur konsequent ist. Als 2001 das amerikanische Buchhandelsjournal »Publishers Weekly« eine Auflistung der hundert erfolgreichsten Kinderbücher erstellte, stand »One Fish Two Fish Red Fish Blue Fish« auf Platz dreizehn und war damit nicht einmal der meistverkaufte Dr.-Seuss-Titel. Das war auf Platz vier der Liste »Green Eggs and Ham«, und auch dieses Buch findet sich in unserer Auswahl: als »Grünes Ei mit Speck«. Und da aller guten Dinge drei sind, ist dieser größten aller bisherigen deutschen Dr.-Seuss-Ausgaben auch noch »Da ist eine Nasche in meiner Tasche!« beigegeben, das im Original »There's a Wocket in my Pocket!« heißt und nur auf dem dreiundneunzigsten Platz der »Publishers Weekly«-Hitliste zu finden ist. Aber was heißt hier »nur«? Wir haben es hier mit gleich drei der hundert erfolgreichsten Kinderbüchern aller Zeiten zu tun.

Dass sich seit dem Jahr 2001 an diesen Positionen viel geändert haben könnte, ist ungeachtet des Phänomens »Harry Potter« nicht zu erwarten. Dr. Seuss ist ein Dauerbrenner auf dem amerikanischen Buchmarkt, auch wenn er mittlerweile schon seit zwanzig Jahren tot ist. Aber das Werk von Theodor Geisel, wie der wahre Name dieses virtuosen Kinderliteraten lautet, ist nie in jener Sprache heimisch geworden, die die Muttersprache von Dr. Seuss war: dem Deutschen. Geboren wurde Theodor am 2. März 1904 als Kind einer deutschstämmigen Familie; beide Großväter waren Jahrzehnte zuvor aus Süddeutschland – Opa Geisel stammte aus Mühlhausen in Baden, Opa Seuss (daher das Pseudonym) aus Kleinschwarzenbach in Oberfranken – eingewandert und in den amerikanischen Bundesstaat Massachusetts gezogen, wo sich in der Kleinstadt Springfield eine starke deutsche Kolonie befand. Deshalb wuchsen nicht nur die Kinder der Familien Geisel und Seuss, sondern auch noch die Enkel in deutschsprachiger Umgebung auf, zu Hause genauso wie auf den Spielplätzen. Erst in der Schule wurde dann Englisch zur Umgangssprache, und so blieb es bis zum Ersten Weltkrieg, als alle deutsche Tradition unter Verdacht stand, Sympathie für den Kriegsgegner wecken zu wollen. Das war das Ende für die deutsche Sprache in vielen amerikanischen Familien, auch bei den Geisels. Was ist unserer Sprache da für ein Wortkünstler verlorengegangen!

Dass der meistgelesene amerikanische Lyriker (und das ist Theodor Geisel, der am liebsten in Reimen schrieb, zweifellos) mit Goethes Werk aufgewachsen war, dessen Gedicht »Der Erlkönig« in Versschema und Rhythmus das Vorbild für das erste Kinderbuch von Dr. Seuss abgab (»And to Think That I Saw It on Mulberry Street« aus dem Jahr 1937, geschrieben auf der Rückfahrt mit dem Schiff nach einer Europareise), hat ihm im Lande seiner Großväter nichts genutzt. Die deutschsprachige Rezeption von Dr. Seuss beginnt zwar bereits 1951, als im Wiener Verlag Dr. E. Mensa sein zweites Bilderbuch unter dem Titel »Die 500 Hüte des Barthel Löwenspross« erschien, aber danach vergingen noch einmal zwanzig Jahre, ehe sich auch ein deutsches Verlagshaus an einer Übersetzung versuchte, und bis heute sind gerade einmal dreizehn seiner drei Dutzend Werke erschienen, was seinen Grund natürlich darin hat, dass deren Texte lange als unübersetzbar galten. Wenn man versucht, sowohl die Reime zu erhalten als auch den Inhalt getreu zu übertragen, sind sie das in der Tat. Doch wenn man sich wie unsere Übersetzerin, die Schriftstellerin Felicitas Hoppe, auf die Seuss'schen Sprachspiele einlässt, die den Kern seiner Texte ausmachen, und dafür deutsche Äquivalente findet, wird sich die Begeisterung, die Generationen von amerikanischen Kindern seit mehr als siebzig Jahren für diese Bücher immer wieder neu entwickelt haben, auch hierzulande einstellen. Zumal es ja Bilderbücher sind, in denen die Zeichnungen viel mehr sind als bloße Illustrationen der jeweiligen Texte. Der Name Dr. Seuss ist vielmehr ein Garant dafür, dass Worte und Bilder sich wechselseitig ergänzen. In den meisten Fällen sind die Bilder sogar erst der Schlüssel zum Geschehen, und das gilt ganz sicher für die drei Geschichten, die in unserem Band versammelt sind – jeweils erstmals auf Deutsch.

163

Alle diese millionenfach gelesenen Bücher verdanken sich einer Wette um fünfzig Dollar, die Theodor Geisel im Jahr 1959 von seinem Verleger Bennett Cerf angeboten wurde: Geisel würde es nicht schaffen, ein Buch zu schreiben, das aus nur fünfzig Wörtern besteht. Das war ein kluger Trick von Cerf, denn auf ähnliche Weise war ein paar Jahre zuvor das bis dahin am besten verkaufte Buch von Dr. Seuss entstanden: »The Cat with the Hat«. 1955 hatte ein Schulbuchverleger dem wortverliebten Autor eine Liste jener 225 Wörter in die Hand gedrückt, die Schulanfänger als erste lesen und schreiben lernen sollten, und auf dieser Grundlage schrieb Dr. Seuss sein Katzen-Buch. Cerf aber wusste, dass niemand über dieselben Fähigkeiten verfügte wie Dr. Seuss, wenn es darum ging, kindgerecht zu reimen. Deshalb köderte er Theodor Geisel mit der Wette um fünfzig Dollar und fünfzig Wörter. Und Geisel biss an. Diesmal gab es keine Liste als Vorgabe, sondern der Autor musste selbst jene Wörter bestimmen, die ihm erlauben sollten, eine Geschichte zu erzählen. Im April 1960 war sie fertig, und sie bekam den Titel »Green Eggs and Ham«. Schon die Vertauschung der gewohnten Wortfolge dabei – in Amerika gilt *ham and eggs* (Schinken und Eier) als Allerweltsessen – sicherte dem Text bei den Kindern einen ersten Aha-Effekt. Fast alle darin verwendeten Wörter sind zudem einsilbig, Das ist allerdings im Englischen leichter zu bewerkstelligen als im Deutschen, wie man der Übersetzung von Felicitas Hoppe ablesen kann, der es aber trotzdem mit größtem Sprachwitz gelungen ist, den atemlosen Rhythmus des Originals zu bewahren. Sofort nach Erscheinen im Frühjahr 1960 begann der Siegeszug von »Green Eggs and Ham«, es wurde zu dem am meisten verkauften amerikanischen Buch jenes Jahres, doch Theodor Geisel beklagte sich bis zu seinem Lebensende gerne darüber, dass Cerf seine Wettschuld nie beglichen habe. Erst 2010 zählte der Dr.-Seuss-Biograph Donald E. Peace einmal genau nach und kam im Original auf einundfünfzig Wörter. Bis dahin waren alle dem Zauber des Buches und seiner Ursprungslegende auf den Leim gegangen.

»One Fish Two Fisch Red Fish Blue Fish« wurde vor »Green Eggs and Ham« geschrieben, aber erst später im Jahr 1960 veröffentlicht. Dadurch geriet es in den Sog des erfolgreichen Vorgängers. In seiner Liebe zu Wortneuschöpfungen, auf die Dr. Seuss in »Green Eggs and Ham« verzichtet hatte, stand es als »Beginner Book« zunächst einmalig da, inspirierte dann aber vierzehn Jahre später »There's a Wocket in my Pocket!«, das seinen ganzen Reiz aus der unerschöpflichen Lust bezieht, mit der Dr. Seuss hier groteske Reimworte erfindet – als Bezeichnungen für Lebewesen, denen er dann in seinen Zeichnungen jeweils skurrile Gestalt verleiht. Diese Geschichte entstand als Teil der Kinderbuchserie »Bright and Early Books«, die sich als Teil der »Beginner Book«-Reihe an die »Beginning Beginners«, also die absoluten Leseanfänger, richtete. Für diese Gruppe, die in der Regel aus Fünf- oder Sechsjährigen besteht, haben die scheinbaren Nonsensreime aus »There's a Wocket in my Pocket!« genau den richtigen Ton, weil sie die gerade erst erworbene Lust am kreativen Sprachgebrauch anstacheln und dadurch zum Lesen verführen. Theodor Geisel hat es wiederholt als seine vornehmste Pflicht betrachtet, Kinder spielerisch an die zentrale Kulturtechnik der Schrift heranzuführen.

Woraus aber speiste sich diese Verpflichtung? Aus Verantwortungsgefühl gegenüber der Gesellschaft und dem Dasein, das Geisel als lebenswert betrachtete. Er selbst hatte als Kind gemeinsam mit seiner etwas älteren Schwester Marnie eine gute Erziehung genossen, und beide gingen später auf die Universität. Theodor aber sollte sein Literaturstudium im englischen Oxford, wohin er 1925 wechselte, nicht abschließen, weil er sich dort in die amerikanische Studentin Helen Palmer verliebte, die sein Talent als Zeichner entdeckte. Gemeinsam kehrte das Paar 1927 in die Vereinigten Staaten zurück. Es wurde geheiratet, und Theodor Geisel suchte in New York, dem Zentrum des amerikanischen Verlagswesens, nach Aufträgen als Karikaturist. Darin hatte er sich schon an seiner ersten Universität geübt, dem Dartmouth College im heimatlichen Massachusetts, wo er von 1921 bis 1925 studiert, vor allem aber die von Studenten herausgegebene College-Zeitung »Jack-O-Lantern« mit Zeichnungen und Texten bereichert hatte. Hier verwendete er auch zum ersten Mal den Mädchennamen seiner Mutter als Pseudonym, als er nach einer durchzechten Ostersamstagnacht vom Dekan seiner Fakultät wegen seines unmoralischen Verhaltens ein Publikationsverbot erhalten hatte: In der nächsten Ausgabe des »Jack-O-Lantern« fand sich eine Witzzeichnung, die nicht mehr wie bisher üblich mit »Ted G.« signiert war, sondern mit »Seuss«.

Diesen Künstlernamen belebte Theodor Geisel neu, als er 1927 als Karikaturist seine ersten Zeichnungen in New Yorker Magazinen veröffentlichen konnte, und als er es bis auf die Seiten von »Judge«, einem damals führenden Intellektuellenblatt, gebracht hatte, setzte er dem Namen Seuss noch den Doktortitel voran, der fortan sein Markenzeichen werden sollte. Er selbst meinte später, damit habe er sich an der Universität Oxford revanchieren wollen, die ihn nicht zur geplanten Promotion geführt habe. Andererseits pflegte Geisel seinerzeit auch zu scherzen, er spare sich seinen wahren Namen für die Great American Novel auf, den großen amerikanischen Roman. Eine unkluge Entscheidung, denn berühmter als mit seinem Pseudonym wäre er niemals geworden, selbst wenn er jemals einen Roman geschrieben hätte.

Das erste Buch, das für Theodor Geisel von Bedeutung war, bekam er im Alter von sechs Jahren geschenkt, also 1910. Es war Peter Newells »The Hole Book«, ein künstlerischer Geniestreich, bei dem sich ein Loch, das den Flug einer Rakete markiert, tatsächlich durch das ganze Buch zieht. Geisels Faszination für sorgfältig hergestellte Bücher resultierte aus dieser Kindheitsverblüffung, und seine spätere Akribie bei der Kontrolle des Druckprozesses der eigenen Werke war gleichfalls eine Spätwirkung der kindlichen Begeisterung für die aufwendige Gestaltung dieses vor wenigen Jahren erst wiederentdeckten Meilensteins der Bilderbuchgeschichte.

Noch wichtiger aber waren für den jungen Theodor die sich damals gerade erst in den Zeitungen etablierenden Comics. Für Newells Versuch in diesem Genre, die Comicserie »Polly Sleepyhead«, war er allerdings zu jung – sie lief nur in den Jahren 1906 und 1907. Als Jugendlicher in Springfield entdeckte Geisel dann aber im »Boston American« den Comic-Strip »Krazy Kat«, und er wurde zu seiner Lieblingslektüre. Diese höchst subtile Serie hatte der Zeichner George Herriman 1913 für das Syndikat des Zeitungszaren Randolph William Hearst geschaffen. In einer pittoresken Wüstenszenerie namens Coconino County, das den damals noch weitgehend unbekannten Landschaften in Arizona und New Mexico, zum Beispiel dem Monument Valley, nachgebildet ist, agieren drei Hauptfiguren. Da ist zunächst Krazy Kat, eine Katze ungewissen Geschlechts, die in die Maus Ignatz verliebt ist. Ignatz aber erwidert diese

Liebe nicht und hasst die Katze mit einer Inbrunst, die darin Ausdruck findet, dass er Krazy Kat regelmäßig mit Ziegelsteinen bewirft. Das wiederum ruft Offissa Pupp auf den Plan, einen Hund, der als Polizist in Coconino County Dienst tut und Krazy Kat bewundert. Dieses bizarre Dreiecksverhältnis, in dem jeder den Falschen liebt oder hasst, ist der Grundzug sämtlicher Geschichten, die George Herriman in den einunddreißig Jahren, die er an »Krazy Kat« arbeitete, täglich erzählt hat.

Der junge Theodor Geisel las diese Serie, als sie selbst noch jung war und durch ihren Vorgriff auf den Surrealismus bei gebildeten Lesern ein gewaltiges Echo fand. Es gab Bücher dazu, Trickfilme und sogar ein Ballett. Und es gab einen Epigonen: In den Zeichnungen, die Geisel als Student für »Jack-O-Lantern« angefertigt hat, kann man Herrimans Einfluss ebenso finden wie den von George McManus, der etwa zur gleichen Zeit wie »Krazy Kat« mit dem Zeitungscomic »Bringing Up Father« reüssierte. Als Dr. Seuss sich 1935 dann auch einmal selbst an einem Comicstrip versuchte, der unter dem Titel »Hejji« ein imaginäres Land namens Baako in den Anden zum Schauplatz hatte, flossen dort nicht nur eigene Erfahrungen ein, die Theodor Geisel und seine Frau auf mehreren Reisen nach Peru gesammelt hatten, sondern auch das große Vorbild von »Krazy Kat«. Da »Hejji« für das Hearst-Syndikat geplant war, wo schon Herriman unter Vertrag stand, kann es nicht überraschen, dass die Serie gestoppt wurde, bevor auch nur ein einziger Strip abgedruckt werden konnte. Damit war der Ausflug von Dr. Seuss in die Welt der Comics beendet.

Zumindest glaubte er das. Doch die Rezensionen seiner späteren Kinderbücher stempelten ihn immer wieder zum Comiczeichner ab. Das lag insofern nahe, als Dr. Seuss Bild und Text in einem Maße miteinander verschmolz, wie es im Bilderbuch ganz unüblich war, für den Comic aber typisch. Nicht nur, dass die Textzeilen den angestammten Platz unter den Bildern häufig verließen, sie prägten als graphische Elemente auch die Seitenarchitektur der Kinderbücher, wurden gleichermaßen selbst zu illustrativen Bestandteilen, obwohl Dr. Seuss im Gegensatz zu Comiczeichnern nie handgeschriebene Buchstaben verwendete, sondern die Texte stets setzen ließ. Aber weil die Illustrationen in »And to Think That I Saw It on Mulberry Street« als kolorierte Tuschezeichnungen, wie man sie aus Comics kannte, angelegt waren, konnte man es den Rezensenten dieses ersten Buchs kaum verübeln, dass sie bemängelten, die Handlung der Geschichte sei wunderbar, gehe aber über die eines einzigen Comicstrips nicht hinaus.

Zu diesem Urteil wurden die Rezensenten eher ästhetisch als narrativ verführt, doch es blieb auch dann noch bestehen, als Dr. Seuss sich bereits im selben Jahr vom Comicstil seines Debüts wieder gelöst hatte. Die Kritik übersah jedoch den stärkeren Einfluss traditioneller Bilderbuchillustrationen auf das zweite Buch, »The 500 Hats of Bartholomew Cubbins«, während sie honorierte, dass Dr. Seuss nach der überbordenden Nonsensaufzählung von »Mulberry Street« nun einen klassischen Märchenstoff erzählte, der seinen Handlungsort in einem fiktiven Königreich fand. Deshalb siedelte die Besprechung der Fachzeitschrift »Booklist« das Buch »irgendwo zwischen den Comic-Sonntagsseiten und den Brüdern Grimm« an – ein unfairer Vergleich, denn mit den opulent kolorierten ganzseitigen Sonntagscomics in den Zeitungen hatte das delikat gestaltete neue Buch nur den großzügigen Gebrauch von Farbe gemeinsam. Dr. Seuss aber verwendete sie in »500 Hats« nahezu malerisch, nicht als flächigen Auftrag, und diese Entwicklung verstärkte sich noch bis zu ihrem Höhepunkt in dem Bilderbuch »McElligot's Pool«, das 1947 nach der langen Kriegspause erschien.

Geisel legte die Bilder zu diesem Werk als Aquarelle an, die viel eher an europäische Illustratoren wie etwa Walter Trier oder Jean-Jacques Waltz alias Hansi erinnern als an zeitgenössische amerikanische Kollegen, und die größte Sorge des Autors war denn auch, dass seine Werke wie Comics aussehen könnten. Das war keine abschätzige Meinung gegenüber einer Erzählform, die er selbst durchaus schätzte, aber ein Misstrauensvotum gegenüber Comics als Kinderlektüre. Geisel war ja mit Serien aufgewachsen, die für ein erwachsenes Zeitungspublikum gedacht waren. Die in den späten dreißiger Jahren entstandenen Superheldencomichefte, die erstmals die Kinder und Jugendlichen als Zielpublikum erschlossen hatten, sah er mit Grausen. Sie entsprachen nicht seiner Vorstellung von dem, was eine unbeschwerte Kindheit vor allem erforderte: Liebe, Sicherheit, Zugehörigkeitsgefühl, Lernen, Wissen, Abwechslung und Schönheit. Kinder, so betonte er, »wollen Spaß. Sie wollen Spiel. Sie wollen Nonsens.« All das hatte er selbst früher im Comic »Krazy Kat« gefunden, der sich aber an

Erwachsene richtete. Sein Anspruch war nunmehr, diese Erzählweise in Bildern und Worten auf das Kinderbuch zu übertragen.

Doch bevor er sich wieder dieser Herausforderung stellte, zeichnete er sieben Jahre lang noch einmal nur für Erwachsene, wie er es bis 1937, als sein erstes Bilderbuch »And to Think That I Saw It on Mulberry Street« erschien, getan hatte. Theodor Geisel hatte im Ersten Weltkrieg als Kind einer deutschstämmigen Familie schmerzhaft lernen müssen, was Ausgrenzung in einer Gesellschaft bedeuten konnte. In einem Gespräch mit Maurice Sendak, dessen Bilderbuch »Wo die wilden Kerle wohnen« das einzige Werk eines amerikanischen Kinderbuchautors ist, das den Büchern von Dr. Seuss betreffs des Erfolgs sowohl bei Kindern als auch Erwachsenen an die Seite gestellt werden kann, erklärte Geisel 1989, dass sein Schaffen im Gegensatz zu dem von Sendak keine Spur von Einflüssen aus der eigenen Kindheit verrate: »Ich glaube, ich habe meine Kindheit übersprungen«, sagte Geisel, denn er betrachte sie stets nur durch die verzerrende Perspektive seiner bitteren Erfahrungen mit der deutschenfeindlichen Atmosphäre des Ersten Weltkriegs.

Diese Erfahrung prägte nicht nur den Tenor seines Werks, das um Sympathie für die Außenseiter, Sonderlinge und Unterdrückten wirbt, sondern auch das eigene Leben. Denn als Amerika ein zweites Mal gegen Deutschland in den Krieg zog, empfand Geisel das als längst überfälligen Schritt, um den Nationalsozialismus zu stürzen, der als Regime all das verkörperte, was er verabscheute. Er war deshalb schon vor dem Kriegseintritt der Vereinigten Staaten als Karikaturist in die Dienste der neugegründeten Tageszeitung »PM« getreten, die sich als dezidiert politisch links stehendes Forum verstand und deshalb vehement für den Kampf gegen das faschistische Deutschland plädierte. Den expliziten Anspruch der Zeitung, von Leuten gemacht zu sein, die es ablehnten, dass andere Leute herumgeschubst werden, übernahm Geisel als sein persönliches Lebensmotto: Er stehe, das hat er wiederholt und exakt mit dieser Wortwahl erklärt, auf der Seite der Herumgeschubsten.

So zeichnete Dr. Seuss von Januar 1941 bis Januar 1943 mehr als vierhundert politische Karikaturen für »PM«, und er selbst blickte darauf später so zurück: »Ich war ungeduldig, unwitzig in meinen Atttacken – und ich würde es wieder tun.« Ungeduldig stimmt. Für Theodor Geisel konnte Amerika gar nicht früh genug gegen Hitler in den Krieg ziehen. Aber unwitzig ist falsch. Seine Karikaturen sind bei aller zeitgemäßen Bitterkeit bereits Vorausschauen auf jenen Dr. Seuss, der nach dem Zweiten Weltkrieg sein unendliches Reservoir an Fabelwesen schaffen sollte. Als Verkörperungen von Kriegsgegnern oder isolationistischen Feiglingen im eigenen Lande sind sie in den Karikaturen schon da, und man kann trotz der Schärfe dieser Zeichnungen immer noch eine gewisse Milde im Umgang mit dem Feind spüren, wenn er als Phantasiewesen verspottet wurde. Der Comiczeichner Art Spiegelman, ein großer Bewunderer von Dr. Seuss, hat mit Blick auf die politische Einstellung von »PM« sein Idol charakterisiert: »Er war kein Ideologe, sondern ein Humanist – eher ein Groucho- als ein Karlmarxist.«

Als die Vereinigten Staaten schließlich im Krieg waren, meldete sich Theodor Geisel ein Jahr später freiwillig zur Armee. Eingesetzt wurde er allerdings nicht an der Front, sondern in einer Propagandaabteilung, die in Hollywood Instruktionsfilme für die Soldaten drehte. Kurz zuvor, im Jahr 1942, war sein jüngstes Bilderbuch, »Horton Hatches the Egg«, von Warner Brothers als Vorlage für einen kurzen Trickfilm ausgesucht worden, und angesichts dessen, dass man sich beinahe sklavisch an die Buchvorlage hielt, erstaunt es nicht, dass im Vorspann außer Dr. Seuss niemand genannt wird – obwohl der Zeichner an der Herstellung dieses Films gar nicht beteiligt war. Doch bei seiner Propagandaabteilung lernte er dann Chuck Jones kennen, einen erst dreißigjährigen Mitarbeiter von Warner Brothers, der aber bereits zu den Stars des amerikanischen Animationsgewerbes zählte und Geisel das Filmgeschäft erst richtig schmackhaft machte. Gemeinsam arbeiteten die beiden für die Armee an der Serie von »Private Snafu«-Filmen, die einen gezeichneten Gefreiten zum tölpelhaften Helden hatte, der alles falsch machte, was die Pflicht eines amerikanischen Soldaten sein sollte: Snafu plaudert Geheimnisse gegenüber Spionen aus, lässt sich von feindlichen Agentinnen bezirzen, fängt sich durch unvorsichtiges Verhalten Krankheiten ein, gefährdet seine Kameraden. Doch das alles wurde so witzig dargestellt, dass auch hier auf spielerische Weise Lernerfolge garantiert waren – und diesmal eben bei Erwachsenen. Dr. Seuss, der nie explizit als Beteiligter an diesen Filmen ausgewiesen wurde, setzte darin konsequent fort, was er in den Karikaturen für »PM« vorgemacht hatte – bis hin zur Gestaltung der grotesken Physiognomien von Hitler, Mussolini und Hirohito oder zur Wiederaufnahme von einzelnen Gags wie jenem, in dem Snafu sich in dem Film »Spies« am Ende selbst im Spiegel als »horse's ass« (Pferdehintern, der amerikanische Begriff für einen veritablen Deppen) sieht. Genau diese buchstäbliche Umsetzung des Schimpfworts hatte Dr. Seuss auch für »PM« einmal ins Bild gesetzt, als er auf gleiche Weise im April 1942 Gerald P. Nye, den Senator von North Dakota, verspottete, der zu den wortmächtigsten Fürsprechern einer amerikanischen Neutralität im Krieg gehört hatte.

Bei Kriegsende arbeitete Geisel in seiner Abteilung vor allem an zwei längeren Filmen, die über das nun amerikanisch besetzte Japan und dessen früheren Weg in den Krieg Auskunft geben sollten. Doch nachdem der Zeichner 1946 die Armee wieder verlassen hatte, wandelte sich sein kriegsbedingtes Zerrbild vom Gegner: Vor allem in Japan sah er bald eine nun von den Amerikanern herumgeschubste Nation, und sein 1954 publiziertes Bilderbuch »Horton Hears a Who« schrieb er als Hommage an all die kleineren Völker, die von den großen Vereinigten Staaten in ihrer Individualität ignoriert wurden. Das Credo dieses Buchs besteht in dem Satz: »A person's a person, no matter how small.« Egal, ob sie klein ist – Person bleibt Person.

Das war die Grundeinstellung, mit der Theodor Geisel auch seine Arbeit an Kinderbüchern wiederaufnahm – sei es als Autor oder später als Herausgeber. Und ungeachtet der egalitären Lektion aus »Horton Hears a Who« waren ihm die Leser um so wichtiger, je kleiner sie waren. Die »Erstlesebücher«, mit denen er den Kampf gegen den Analphabetismus aufnahm, den Geisel fürchtete wie sonst kaum etwas, wurden deshalb zu seinem besonderen Anliegen. Für die Reihe wurde eine dreiteilige Regel zur Qualitätssicherung aufgestellt: Nie durfte ein »Beginner Book« mehr als eine Illustration pro Seite aufweisen; der Text durfte nichts beschreiben, was nicht auch im Bild gezeigt wurde; und gegenüberliegende Seiten hatten vom Illustrator als künstlerische Einheit behandelt zu werden. Wer unser Buch mit seinen drei »Beginner Books« daraufhin prüft, wird keine Ausnahme von dieser Regel finden. Aber er wird auch sehen, wie abwechslungsreich Dr. Seuss seine Seiten arrangiert, wie er das Format beim Zeichnen bis an die Ränder ausnutzt und zur Kolorierung Farben verwendet, die als Fond der Bilder Stimmungen schaffen, die das Erzählte zusätzlich bereichern. In seinem Zusammenspiel von Wort und Bild und Farbe erweist sich Dr. Seuss als Synästhet.

Theodor Geisel hatte nach dem Zweiten Weltkrieg kurzfristig mit einer Rolle als Theoretiker für Kinderbücher geliebäugelt. Auf einer zehntägigen Autorenkonferenz, die im Juli 1949 in Salt Lake City Vertreter der unterschiedlichsten Literaturgattungen, darunter den damals noch nicht berühmten Vladimir Nabokov, versammele, war er mit mehreren Vorlesungen und als Leiter von einigen Workshops aufgetreten. Dieses Material gedachte er für die Publikation eines Leitfadens zum Schreiben von Kinderbüchern zu verwenden, und es bedurfte einer Intervention seiner Vertrauten beim Verlag Random House, um ihn von diesem Plan wieder abzubringen und ihn für die Bilderbücher zu erhalten. Die Enttäuschung, in seinem wissenschaftlichen Eifer auch von den eigenen Weggefährten nicht anerkannt worden zu sein, zehrte an Geisel und riss alte Wunden aus der Oxforder Zeit wieder auf, die er gleichfalls als unvollendet angesehen hatte. Zwischen 1950 und 1953 erschien abermals kein Buch von Dr. Seuss, eine Lücke in seinem Schaffen, die bis kurz vor seinem Tod nie wieder derart groß werden sollte.

Das Hauptaugenmerk von Dr. Seuss galt in den frühen fünfziger Jahren stattdessen dem Kino. 1946 hatte der Kurzdokumentarfilm »Hitler Lives?«, an dem er als Angehöriger der militärischen Propagandaabteilung beteiligt gewesen war, einen Oscar gewonnen, 1948 erhielt »Design for Death«, eine der beiden bereits erwähnten langen Dokumentationen über die jüngere Geschichte Japans, die gleiche Auszeichnung. Dadurch war Dr. Seuss auch im Filmgeschäft ein gefragter Mann geworden, und das junge Trickfilmstudio UPA trug an ihn die Idee heran, sich doch wieder auf seine eigentliche Stärke zu besinnen und eine gereimte Geschichte zu entwickeln, die diesmal aber exklusiv als Film umgesetzt werden sollte. Das sollte dem erfolgverwöhnten Autor zwar nur mit fünfhundert Dollar Gage entgolten werden, doch die Bitte des jungen Teams von UPA spornte ihn zu einer seiner größten Leistungen an: »Gerald McBoing-Boing« hieß sein Exposé, und es konnte gar nicht anders denn als Film umgesetzt werden, weil es vom Leid eines kleinen Jungen erzählt, der nicht artikuliert sprechen kann, sondern lediglich die verschiedensten Geräusche aus dem Alltagsleben von sich gibt: zum Beispiel Autohupen, Detonationen, Sprungfedern. Das war nur mittels der Tonspur eines Films zu erzählen, und es ist hochvirtuos, wie Dr. Seuss die Geräusche rhythmusgerecht in seine gereimte Erzählung einbauen ließ. Nachdem Gerald zum Spott seiner Mitschüler und Nachbarn geworden ist, wird er fürs Radio als Geräuschemacher entdeckt und erntet damit Ruhm und Ehre. Das Prinzip der reduzierten Animation, das UPA entwickelt hatte, sorgte dafür, dass die Dekors auf ein Minimum beschränkt blieben, was nicht nur die Hauptfiguren – Gerald und seine Eltern – noch mehr in den Fokus rückte, sondern auch dem Stil von Bilderbuchseiten aus der Feder von Dr. Seuss entsprach, die nach dem Ausflug ins Aquarell für »McElligot's Pool« mittlerweile wieder kräftige Primärfarben aufwiesen, aber dabei meist die Palette der verwendeten Farben einschränkten. Diese kongeniale Kombination brachte »Gerald McBoing-Boing« 1951 bereits als drittem Film, an dem Theodor Geisel mitgewirkt hatte, den Oscar ein.

Nun war das Terrain für Dr. Seuss bereitet, um ganz groß in Hollywood einzusteigen. Das Columbia-Studio bot ihm die damals unglaubliche Summe von 35 000 Dollar für das Drehbuch zu einem Spielfilm. Theodor Geisel ging darauf ein und schrieb »The 5000 Fingers of Dr. T«, doch die Dreharbeiten zu der aberwitzigen Geschichte um einen musikbegeisterten Verrückten mit dem Dr.-Seuss-typischen Namen Terwilliker, der sich fünfhundert Kinder als Sklaven hält, um sie gleichzeitig auf einer riesigen Klaviertastatur spielen zu lassen, entwickelten sich zum Debakel. Der Autor war mit der Umsetzung unzufrieden, und das Studio erkannte schnell, dass sich für solch einen Stoff kein Kinopublikum finden lassen würde. Dr. Seuss hatte gehofft, sowohl Erwachsene wie Kinder mit dem Thema locken zu können, doch das bedrohliche Szenario um den wahnsinnigen Terwilliker erwies sich für Kinder als zu bedrohlich und für Erwachsene als zu kindisch. Was in den Bilderbüchern so grandios funktionierte, weil dort die Seuss'schen Gestalten in der phantasievollen Verfremdung seiner Zeichnungen auftraten, das missriet in einer Realverfilmung völlig. Fortan ließ sich Dr. Seuss nur noch für animierte Adaptionen seiner Bücher gewinnen, und man darf bezweifeln, dass er selbst jemals die Erlaubnis gegeben hätte, sein 1957 erschienenes Bilderbuch

»How the Grinch Stole Christmas« auf die Art zu verfilmen, wie es 2000 mit Jim Carrey in der Titelrolle geschah.

Die gescheiterten Ambitionen als Spielfilmautor führten Dr. Seuss aber wieder zurück zum Kinderbuch und von 1954 an zu einer ununterbrochenen Serie von Bestsellern, die mit dem zweiten Horton-Band (»Horton Hears a Who«) einsetzte, »The Cat in the Hat« und »How the Grinch Stole Christmas« umfasste und 1960 in einem Dreiklang von Büchern gipfelte, als kurz nacheinander »Green Eggs and Ham« und »One Fish Two Fish Red Fish Blue Fish« erschienen. Nie mehr sollte sich Dr. Seuss auf andere Projekte konzentrieren als seine Bilderbücher (mit der Ausnahme eines 1966 von ihm mitproduzierten Grinch-Trickfilms), und wenn er sich auch nebenher immer eifriger als Maler betätigte, hielt er diesen Aspekt seines Schaffens lange verborgen. Erst 1986, als Theodor Geisel schon zweiundachtzig Jahre alt war, stellte er in einer Retrospektive, die das Museum der kalifornischen Stadt San Diego, in deren Umgebung er seit 1941 lebte, seinem Werk widmete, auch ein paar Ölgemälde und Aquarelle aus, die in den vergangenen Jahrzehnten entstanden waren.

In den meist eher kleinformatigen Bildern, die des Nachts im Atelier entstanden – Dr. Seuss pflegte einen strengen Arbeitsplan einzuhalten, der acht Stunden täglich für die Arbeit an den Bilderbüchern vorsah –, steckt mehr, als Theodor Geisel wohl je von sich preisgeben wollte. Es sind Farb- und Formexplosionen, die wie im Drogenrausch auf die Leinwand gebracht worden sind: alles Anzeichen, das in dem disziplinierten und nach strengen Regeln arbeitenden Dr. Seuss noch ein weiterer manisch getriebener Künstler steckte, der sich eine Phantasiewelt schuf, die weit über die Bücher hinausging, obwohl auch sie schon als Resultate eines vollkommen freien Geistes gewertet wurden.

Die wildesten Motive der Gemälde entstammen bezeichnenderweise der Zeit nach 1967, dem Jahr, als die gegenüber Theodor sechs Jahre ältere Helen Geisel sich durch eine Überdosis Tabletten selbst tötete, weil sie glaubte, dem Lebensglück ihres Mannes nicht mehr dienlich sein zu können. Diese Einschätzung schien sich postum zu bestätigen, als Theodor Geisel nur wenige Monate später die Hochzeit mit Audrey Dimond, der Frau eines seiner besten Freunde, ankündigte, sobald deren Ehe geschieden sein würde. In einem Brief an Verwandte und Bekannte erklärte er diesen weithin als pietätlos empfundenen Schritt: »Das ist ein unvermeidlicher Abschluss der fünfjährigen Frustration von vier Menschen.« Damit war offengelegt, dass er und Audrey sich schon lange vor dem Tod seiner Frau nähergekommen waren. Der Abschluss von Helens Frustration war tatsächlich endgültig gewesen, aber ob Grey Dimond, Audreys erster Ehegatte und Vater ihrer beiden Töchter, die Scheidung als Abschluss der seinen empfunden hat, darf man bezweifeln. Das Image des grundgütigen Dr. Seuss nahm damals jedenfalls schweren Schaden. Aber wenigstens ist mit der Wiederverheiratung von Theodor Geisel eine Anekdote verbunden, die Licht auf die Inspiration für die chaotische Autofahrt in »Green Eggs and Ham« wirft. Als Audrey Dimond ihrem Mann den Entschluss mitteilte, Theodor zu heiraten, soll er sie nur gefragt haben: »Wer wird in eurer Ehe das Autofahren übernehmen?« Und als Audrey ihm erstaunt geantwortet hatte, dass vermutlich sie es tun werde, sagte Grey: »Gut, denn ich möchte nicht, dass irgendeine Frau von mir einen Mann heiratet, der so wie Ted fährt.«

Der Kreativität des Kinderbuchautors Dr. Seuss taten die privaten Turbulenzen im Leben des Theodor Geisel keinen Abbruch. Allerdings wandelte sich die Intensität seines politischen Engagements, soweit man davon in Bilderbüchern überhaupt sprechen kann. Waren bis zu den siebziger Jahren die individuelle Freiheit, aber auch der Schutz von Schwachen die bestimmenden Motive in den Büchern von Dr. Seuss, so wurden die Botschaften nun expliziter. Seit er 1957 das Konzept der »Beginner Books« entwickelt hatte, unterteilte Geisel sein Werk in Titel, die zu dieser Reihe zählten, und in sogenannte »Big Books«, zu denen etwa »How the Grinch Stole Christmas« oder die beiden »Horton«-Bände gehören. Sie richteten sich an etwas ältere Kinder und sollten durchaus auch deren Eltern Spaß bereiten. Und weil Dr. Seuss wusste, dass er damit ein sehr aufnahmebereites Publikum erreichte, nutzte er vermehrt diese »Big Books« für Sujets, die ihm besonders am Herzen lagen. Angefangen mit »The Lorax« im Jahr 1971, in dem der Umweltschutz Thema ist, bis zu »The Butter Battle Book« von 1984, das kurz vor dem Ende des Kalten Krieges eine Parabel über die Risiken des Wettrüstens erzählte, packte Dr. Seuss plötzlich wie zu seinen alten Zeiten als Kriegskarikaturist heiße gesellschaftliche Eisen an, was ihm nicht nur Freunde einbrachte. Und als er sich wegen eines Tumors erstmals in seinem Leben in längere ärztliche Behandlung begeben musste, schrieb und zeichnete er 1986 »You're Only Old Once!«, ein Bilderbuch über das Altwerden und die Lebensumstände von Patienten in amerikanischen Krankenhäusern.

Sein letztes positives Wort sparte sich Dr. Seuss für ein Buch auf, das 1990 erschien, im Jahr vor seinem Tod: »Oh! The Places You'll Go!«. Darin begleitet er einen kleinen Jungen, der ins eigene Leben aufbricht, und er beendet seine Erzählung mit den Versen: »So ... / be your name Buxbaum or Bixby or Bray / or Mordecai Ali Van Allen O'Shea, / you're off to Great Places! / Today is your day! Your mountain is waiting. / So ... *get on your way!*« Das war noch einmal der alte Dr. Seuss, der Mann, der mit seinen Bilderbüchern nicht nur das Lesen, sondern auch Toleranz lehren wollte. Mit der multiethnischen Benennung seines imaginären Gegenübers als Mordecai Ali Van Allen O'Shea, einem jüdisch-muslimisch-protestantisch-katholischen Namensgemisch, appelliert Theodor Geisel an sein Publikum, den amerikanischen Traum so zu leben, dass er nicht zum Albtraum für andere wird. Das ist die tiefere Bedeutung seines ganzen Schaffens als ein Bilderbuchkünstler, der zweihundert Millionen Bücher in zwölf Sprachen verkauft hat, mehr als die Hälfte davon in den Vereinigten Staaten. Und diese Popularität verdankt sich dann doch nicht der Moral seiner Bücher, sondern der Tatsache, dass Dr. Seuss das Vergnügen bei seinem Sprach- und Bildwitz in den Vordergrund stellte und dahinter seinen inhaltlichen Anspruch verbarg. Alles, was man über das Leben und die Intentionen von Theodor Geisel weiß, spielt keine wirkliche Rolle mehr, wenn man Dr. Seuss liest. Seine Bücher erklären sich selbst. Das einzugestehen, gebietet die Pflicht einem jeden seiner Biographen.